El Niño Flaco

Wendolyn Pineda

DEDICATORIA

Dedicado con amor a las mujeres de mi familia, a mi bisabuela Ana Rodríguez que tubo 11 hijos, mi abuela Lidia Rodríguez que adoptó tres niños y tuvo una hija mi mamá, Ana Pineda Rodríguez ella tuvo cuatro hijos, ella nos contaba muchos cuentos para dormir, en el año 2019 se enfermó y su vida terminó con apenas 70 años. Ella alcanzó a conocer a su bisnieta Ámbar Tubio Pedraza que es fanática de los cuentos. Y Como no mencionar a la princesa de mi vida mi preciosa hija Sendy Pedraza.

Pd mi Hijo Maximo pedía que le contara este cuento casi todas las noches hasta los nueve años, Espero que a sus niños les guste también,

CONTENIDO

AGRADECIMIENTOS

Le agradezco a todos, los que decidieron comprar este libro y en especial a los grandes amigos que me acompañaron en mis momentos más difíciles, Mi querida amiga Mayito que vive en California con su esposo Luiggi, como no agradecer a mi querida Viviana y su hijo Maxi Labarca y Sofia Labarca de la congregación Tobalaba que casi se convirtió en una hermana y mamá apoyándome en cada momento, No voy a olvidar a mi amado y apreciado Leonardo Espinoza con él el cariño abunda y cuando lo necesito siempre ha estado para mí. Noches largas de consuelo apoyo concreto, un refugio un soporte un amigo verdadero. Pd solo por que el quiere yo feliz lo quisiera solo para mi ☐

También agradezco a mi amado hijo Máximo León un guerrero, un caballero, un hombrecito valiente que ha enfrentado conmigo a los monstruos de este mundo que a veces es muy frio, pero con su ternura el ha logrado dar calor y alegría a nuestras vidas Gracias muchas gracias porque juntos somos un equipo especial.

Y agradezco a las personas que en secreto estuvieron apoyándome, orando y enviando amor.

Le agradezco al hermano Luis Morales que me esperaba con los arriendos y a todos los que me soportaron cuando mas   lo   necesitaba.

1 Solo Dulces y Caramelos

Este es el cuento de un niño muy flaquito que no quería comer. Su mamá era muy cariñosa, todos los días le preparaba todo tipo de comidas, con mucho amor y esfuerzo. Ella se preocupaba que tuvieran vitaminas y minerales para que su pequeño creciera muy sanito, pero el niño flaco solo queria comer dulces y Caramelos. Esta situacion le preocupaba mucho a su mamá, asi que decidió llevarlo al doctor. Y el doctor lo examinó y dijo "estas muy flaco un día el viento te va a llevar". Pero el niño flaco no quería hacer caso, seguía comiendo golosinas y nada de almorzar o cenar eso no le gustaba y en todos los rincones tenía escondido dulces y muchos caramelos.

2 Me voy a jugar no quiero comer

Son las cinco de la tarde y el niño flaco no quiso comer, llebaba horas escuchando a su mamá, por favor hijo come un poquito, eran tallarines con salsa bolognesa, y con queso rallado, pero él no probo nada, escuchó a sus amigos que vinieron a buscarlo para ir a jugar a la plaza del condominio, así que salió corriendo sin comer y le dijo a su mamá "no mamá no me gusta este almuerzo me voy a jugar no quiero comer" la mamá muy triste y preocupada retiró el plato de la mesa, casi sin ánimo.

Los amigos lo saludaron y se preocuparon mucho y dijieron todos al mismo tiempo cada día estas más flaco, Juanjo el más molestoso le dijo, el viento te puede llevar, pero solo fueron bromas y se pusieron a jugar a correr por todos lados felices.
Su amiga Azucena le regaló una cometa y la hicieron volar hasta el cielo, ella dijo que ganas de ser cometa y volar hasta el cielo. Este día era especial por que habían anunciado vientos fuertes así que pronto deberían dejar de jugar. Pero los niños no querían dejar de jugar, por que jugar muy felices a los niños.

3 Un Remolino de Viento

De un momento a otro soplo un viento tan fuerte como un remolino y todos tuvieron mucho miedo y se afirmaron rápido de algo. Juanjo se afirmó de un árbol y Azucena de una reja, pero el niño flaco no alcanzó a sostenerse y comenzó a volar con el remolino en el aire, gritó y dijo ¡ayuda! ¡ayuda! llamen a mi mamá, los niños corrieron y fueron a buscar a la mamá. La mamá salió y miro hacia el cielo y vio a su hijo volando en un remolino gritó su nombre

....

(piensa o anota el nombre que quieres que tenga el niño flaco puedes imaginarlo o adecuar el nombre de tu hijo) Pero ya era muy tarde el remolino ya casi llegaba hasta las nubes.

4 FELIZ EN LAS NUBES

Luego de volar y volar con el viento llegó a una nube, se sentía muy mareado de tantas vueltas que dio con el viento. Revisó sus bolsillos y se dio cuenta que tenia caramelos, así que dijo "bueno no es tan malo venir a esta nube", aquí mi mamá no podrá obligarme a comer comidas saludables, y tengo muchos caramelos en los bolsillos esta nube está muy cómoda es como un algodón" y Comenzó a saltar y a jugar en las nubes. Dijo es calientito y muy bonito y se puso a jugar, dio vueltas, saltaba como en un trampolín, la nube es muy suavecita, el niño flaco estaba feliz olvidando a todos lo que quedaron preocupado por el.

5 MAMÁ AL RESCATE

Abajo en su casa, la mamá llamó a los bomberos, llegó la policía y muchos rescatistas, todos los vecinos estaban mirando al cielo preguntándose ¿dónde se fue el niño flaco?

La madre pidió ayuda a todos y todos se unieron para poder encontrar al niño flaco.

Sus mejores amigos Azucena y Juanjo organizaron una oración de niños y varios niños de condomio los acompañaron, Sebastian de la casa tres, y el pro de roblox el que vive en la casa seis, y la chica youtuber de la casa nueve. Ella hizo un directo para pedir ayuda a sus seguidores, y las redes sociales se sumaron buscando al niño flaco.

Mientras tanto el niño flaco en las nubes siguió disfrutando y dijo esto es re pro. Yujuuuu.

5 LAS COMIDAS DE MAMÁ

Llegó la noche y en las nubes el niño flaco le dió mucho frío, así que se hizo una cama y se escondió entremedio de las capas de nube y de repente escuchó un ruido muy fuerte, se asustó muchicimo, más era su asombro al darse cuenta que era su estómago. Comenzó a sonar, como truenos busco mas caramelos en sus bolsillos, pero se le terminaron. Y extrañamente en su mente apareció el plato que su mamá le había preparado ese dia y que el no quiso comer, y comenzó a llorar y dijo ¡oh! que mal me he portado, ahora extraño mucho a mi mamá y sus comidas tan ricas, creo que fui muy mañoso y no valore todo lo que mama hacía por mi. solo quiero volver a mi casa, sollozando se durmió pensando en ese rico plato de comida.

6 UNA PROMESA EN LA MAÑANA

Por la mañana un hermoso pájaro se acerco y le dijo te escuché llorar anoche, pero era muy tarde para venir, ¿quien eres? ¿por que estas aquí? ¿qué te sucede? El niño un poco asustado le respondió un viento muy fuerte me trajo volando porque estoy muy flaco, y solo quiero volver a mi casa.

El pájaro era muy hermoso y muy sabio, le dijo te puedo ayudar y llevar a tu casa, pero debes hacerme una promesa, el niño flaco dijo Dime por favor, ¿cuál es esa promesa? El señor pájaro le dijo: repite conmigo las siguientes palabras,

yo……..

(puedes escribir el nombre o imaginarlo o adecuarlo a tu hijo) desde ahora en adelante prometo que haré todo el esfuerzo, por comer las comidas que son saludables, que prepara mi mamá con tanto amor.

El niño flaco no dudo e hizo la promesa y el hermoso Pájaro le dijo sube a mi espalda y afírmate bien te llevare a tu casa con tu mamá.

7 UN REENCUENTRO FELIZ

El niño se afirmó muy fuerte y sus mejillas sentían el viento y la adrenalina de volar tan rápido, muy pronto el niño flaco vio su casa y le dijo al pájaro ¡esa es mi casa! El pájaro respondió ¡bien! afírmate, porque te llevare más rápido. La ventana de su habitación estaba abierta y el pájaro se posó y lo puso en la cama. Se fue volando y le dijo no olvides la promesa y vas a estar ¡bien!, muchas gracias señor pájaro hermoso, no olvidaré la promesa, gritó el niño flaco.

Ya casi no tenía voz, estaba muy débil y trató de llamar a su mamá con una voz muy bajita. La mamá estaba en la sala y escuchó esa voz y dijo creo haber escuchado a mi hijo. Todos quedaron expectantes. La madre abrió la puerta de la habitación y dió un grito de emoción, y sus mejillas se sonrojaron y dijo ¡mi hijo regreso! escuchen todos ¡él esta aquí! Tenemos que hacer una gran fiesta.

8 UNA FIESTA CON PROMESA

Todos felices con el regreso del niño flaco trajeron muchos regalos (haz una pausa e imagina los regalos)

La mamá estaba tan emocionada le dijo hoy puedes comer todas las golosinas del mundo, estoy tan feliz.

El niño dijo, silencio por favor quiero decir algo y dijo "mamá por favor perdóname por todas las veces que no comí la comida que me preparaste con tanto amor, favor no quiero golosinas mamá, tráeme esa comidita rica que me habías preparado ayer antes de que el viento me llevara y te prometo mamita que desde ahora todos los días me esforzaré por comer la comida saludable que me preparas, la mamá lo abrazó y lo besó en su frente, todos aplaudieron ¡bravo! ¡bravo! y celebraron felices....

9 ¿QUE COMIDAS SALUDABLES TE GUSTAN?

¿Verdad que es muy importante comer comidas saludables? ¿Cuáles te gustan a ti? Puedes anotarlas aquí en estas líneas

....

....

....

....

10 VARIEDAD DE VERDURAS

¿Cual te prepara tu mama? ¿Has cocinado alguna
vez? ¿ Que has cocinado?

....

....

....

....

DIBUJA TU FRUTA PREFERIDA

DIBUJA LOS REGALOS QUE IMAGINASTES EN ESTE CUENTO

¿QUE NOMBRE LE DISTE AL NIÑO FLACO?

¿QUE NOMBRE LE PONDRIAS AL PAJARO?

....

....

¿QUE NOMBRE LE PONDRÍAS A LA MAMÁ?

....

....

A COLOREAR

VARIEDAD ¿COMO SE LLAMA?

....

....

....

COMIDAS SALUDABLES Y RICAS
TUTIFTUTI O ENSALADA DE FRUTAS
Y ENSALADAS VERDES DE VERDURAS

POR ULTIMO
USA TU IMAGINACION Y ESCRIBE OTRO FINAL

_____

_____

_____

_____

_____

_____

_____

_____

_____

_____

_____

_____

_____

ACERCA DEL AUTOR

Wendolyn Pineda nacio en el año 1979 en Santiago de Chile

Te invito a Visitar   RemaxYT en youtube.